[澳] 陈志勇（Shaun Tan）

　　1974 年生于西澳大利亚州的海港城市费利曼图，在该州首府珀斯的北部郊区长大，现居墨尔本。父亲是马来西亚华侨，母亲是澳大利亚人。从小，班里个子最小的他就是全校知名的画画高手，十几岁时即开始为科幻小说和恐怖故事绘制插图。1995 年他从西澳大利亚大学毕业，获得美术与英语语言文学双学位，后成为自由插画师，曾两次获得世界科幻协会颁发的雨果奖最佳美术奖，四度获得"世界奇幻奖最佳艺术家"称号。2011 年，荣获由瑞典政府颁发的林格伦文学奖。改编自他的同名绘本并由他导演的动画《失物招领》也获得第 83 届奥斯卡最佳动画短片奖。2020 年他凭借《内城故事》获得凯特·格林纳威奖。

图书在版编目（C I P）数据

　　别的国家都没有 ／（澳）陈志勇著 ； 枣泥译. —— 南京：江苏凤凰少年儿童出版社，2021.6
　　ISBN 978-7-5584-1674-3

　　Ⅰ．①别… Ⅱ．①陈… ②枣… Ⅲ．①儿童故事-图画故事-澳大利亚-现代 Ⅳ．①I611.85

中国版本图书馆CIP数据核字（2019）第244448号

著作权合同登记图字：10-2019-496

书　　名　别的国家都没有
著　者　[澳] 陈志勇
译　者　枣泥
责任编辑　秦显伟　瞿清源　张　文
助理编辑　朱其娣
特邀编辑　邓复玲　张　羲
美术编辑　徐　劼
内文制作　杨兴艳
责任印制　万　坤
出版发行　江苏凤凰少年儿童出版社
地　址　南京市湖南路 1 号 A 楼，邮编：210009
印　刷　北京富诚彩色印刷有限公司
开　本　889 毫米 ×1194 毫米　1/16
印　张　6
版　次　2021 年 6 月第 1 版　2021 年 9 月第 2 次印刷
书　号　ISBN 978-7-5584-1674-3
定　价　69.80 元

澳大利亚 **2**

别的
国家
都没有

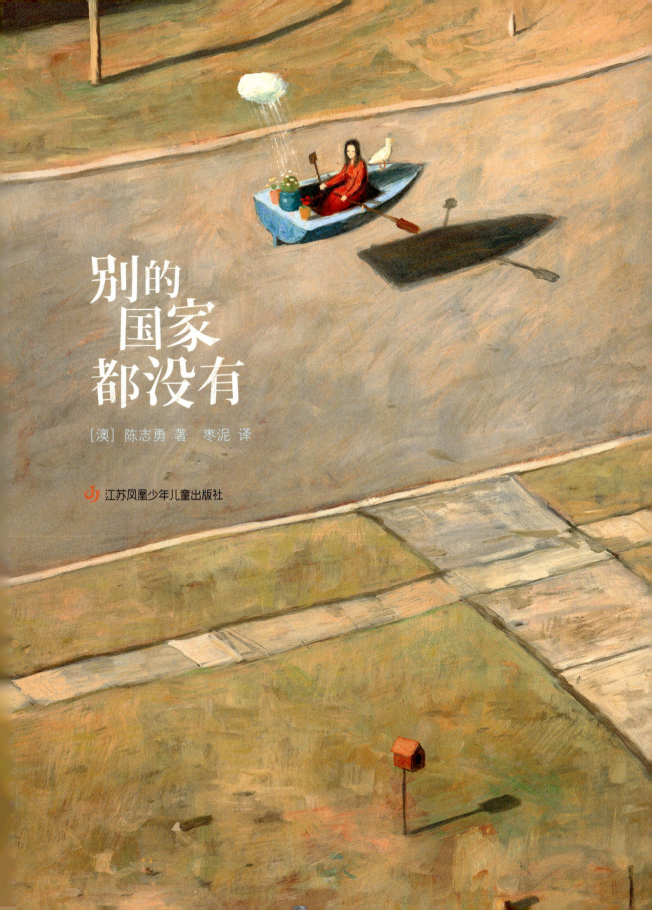

别的
国家
都没有

[澳] 陈志勇 著　枣泥 译

江苏凤凰少年儿童出版社

10700 KUOPIO

献给保罗

（他一直很喜欢探险）

珀斯，西澳大利亚州

目录

水牛

　　小时候，我家街尾有一片空地，空地上的草从来没有人割过，那里住着一头大水牛。他大部分时间都在睡觉，从不理睬过往的行人，除非我们碰巧有事停下来问他。每当这时，他便站起身，慢悠悠地走过来，伸出左蹄为我们指示正确的方向。可他从来不说指的是什么，也不说走多久才能到，以及到了之后该做些什么。其实，他根本就没说过话，因为水牛就是这样的，他们讨厌说话。

　　这让大多数人都觉得很扫兴。我们想去"请教水牛"的时候，通常是碰上了很紧急的问题，需要立刻得到最直接的解决方案。渐渐地，我们都不再去找水牛了。我猜不久以后他就搬走了——空地上只剩下了茂盛的杂草。

　　说来惭愧，真的，因为每次我们顺着他指的方向走，总能找到让我们惊喜、释然和快乐的东西。每次，我们都会发出同样的感慨——"他是怎么知道的？"

艾瑞克

　　多年前，有一个外国交换生到我们家来住。我们发现很难念对他的名字，可他不在乎。他对我们说，叫他"艾瑞克"就好。

我们重新粉刷了客房，买了新地毯、新家具，大体上能保证他住得舒服。但我一直想不通，为什么艾瑞克大部分时间都窝在厨房的储物柜里睡觉和学习。

　　"应该是文化差异吧，"妈妈说，"只要他开心就好。"从此以后，我们将食物和厨房用品都放在别的储物柜里，这样便不会打扰到他。

有时候我会想，艾瑞克是不是真的开心呢？他特别有礼貌，就算有什么不便，我估计他也不会告诉我们。有好几次，我透过食品柜的门缝，看到他专心致志地看书，开始遐想他在我们国家有什么感受。

我以前一直在心底里盼望家里能来一个外国客人——我有那么多东西要给他看，还可以扮演一次熟悉本地的专家，告诉他各种趣事和我的奇思妙想。幸运的是，艾瑞克非常有好奇心，总会问许多问题。

只是，这些问题和我预想的都不一样。

　　大多数时候我只能回答"我也不是很清楚"，或者"本来就是这样啊"。我觉得自己好没用。

　　我本来还计划每个周末带客人去远足，因为我下定决心，要带他看遍城里和城郊最好的地方。我认为艾瑞克会喜欢这些安排，但是同样地，我也没有十足的把握。

〔Focus：对焦〕

大多数时候，艾瑞克似乎对他在地上发现的小东西更感兴趣。

我本来有点恼火，可耳边总是响起妈妈说的那些关于"文化差异"的话。然后，我就不那么生气了。

然而，艾瑞克离开我家的方式让每个人都摸不着头脑。一天早晨，他突然就走了，只是挥了挥手，礼貌地说了声"再见"。

事实是，过了很久，我们才意识到他真的不会再回来了。

那天吃晚饭的时候，我们纷纷猜测：艾瑞克是生气了吗？他在这儿住得开心吗？我们还会有他的消息吗？

一种快快不乐的感觉弥漫开来，好像有什么事情没有做完、没有解决。我们烦闷了好几个小时，直到有人发现了储物柜里的秘密。

你自己去看看吧：这么多年过去了，它还一直在那儿，在黑暗里茁壮成长。每当有客人头一次上门，我们给他们看的第一样东西就是这个。"看看，我们家的外国交换生给我们留下了什么。"我们对客人们说。

"这肯定就是文化差异了。"妈妈说。

坏掉的玩具

我知道你认为是你先看见了他，但我确信其实先看见他的人是我——当时他就在地下通道那里，摸索着画满涂鸦的墙壁向前走，然后我说："快看，那里有个不寻常的怪家伙。"

的确，我们以前还真见过疯子——就是你说的"被生活惊吓过度"的人。可是这个人一定遇到了特别奇怪的事，才会决定在一片死寂的公休日穿着太空服上街溜达。我们藏到一个邮筒后面，想看得更清楚一些。可是近看就更匪夷所思了——太空服上粘满了藤壶①和海藻。夏天的天气这么热，它居然还在滴滴答答地往下淌水。

"那不是太空服，傻瓜。"你小声说，"那是老式潜水服，是在北方的采珠船上用的。你知道吧，在过去，潜水员常会得潜水病②，因为他们不懂减压，也不明白血液怎么就被挤成了柠檬汽水。"你看我一脸茫然的样子，大声地叹了一口气说："算了。"

可是，当我们悄悄跟随这个疯子时，我发现你说的是对的，因为我看见了头盔，还有拖在后头的长长的进气管。

他拖着步子漫无目的地行走着，穿过空荡荡的足球场，路过加油站，沿着车道走来走去。他迟缓地绕过街角已经关门的熟食店，像在梦游一样，边走边摸着外墙和橱窗，留下一个个湿乎乎的大手套印，干透后只剩下一颗颗诡异的盐粒。

---

①藤壶：一种附着在海边岩石上的灰白色、有石灰质外壳的甲壳纲动物。它不但能附着在礁石上，还能附着在船体上，任凭风吹浪打也冲刷不掉。
②潜水病：由于潜水等高压环境作业后减压不当，体内原已溶解的气体超过饱和极限，在血管内外及组织中形成气泡所致的全身性疾病。

你说："我给你十块钱，你去和他打个招呼。"

我说："没门儿。"

"那我们一起去。"

"好吧。"

我们跟得更近了。他身上有股奇怪的气味，像是大海的味道，混了一丝若有若无的甜香。他的衣褶里粘着红土，好像他去过大海之后又去了沙漠。

我们正在构思开场白，那个失去光泽、布满划痕的面罩突然转向了我们，说了些我们一句也听不懂的话。那潜水员走过来，嘴里"呱啦呱啦、叽里咕噜"的。我们一直往后退。

"疯话。"我说。

而你仔细听了一会儿，摇了摇头："不对，我觉得他说的是……日语。"

有一句话他说了一遍又一遍——结尾好像是"Tasoo-ke-te^①，Tasoo-ke-te"。他伸手拿出一个小木马给我们看。那个小木马本来应该是金光闪闪的，但现在已经开裂、褪色了，还用细绳捆扎了一下。

"也许我们可以把他带到坏消息太太那儿去。"你提议。你说的是片山老太太，是这一带我们唯一认识的日本人。

"不行。"我说。我挑起眉毛，提醒你回忆一下不久前发生在后院篱笆墙边的那场"战争"。具体说来就是：我们的飞机模型掉到那老太婆的院子里，扔回来时竟被她碎成了两半，我们还挨了一顿臭骂。这可不是第一回，我们的箱子里装着好多这样的破玩具。每次我们的玩具掉进去，被扔回来的时候都支离破碎的。而且也只有在这些时候，我们才能看见她。因此我们叫她"坏

———————————
①意为帮忙、救命，相当于英文中的 help。

24

消息太太"。

你挑起眉毛,想起了这件事,同时也想到了一个绝妙的好主意。为什么不把这个穿着潜水服的疯子领到片山太太的前院,把他关在那儿呢?就这么定了。我们举行了"结盟握手仪式"。

你伸手拉住潜水员戴着手套的大手,却突然又把手缩了回来——"感觉真怪,黏乎乎的。"你后来解释说。可是那潜水员还是明白了你的意思,跟过来了。他拖着步子走过人行道,穿过马路,和我们一起抄后面小巷里的近路。每当我们停下来等他时,他那长长的、"呼哧呼哧"的喘息声就变得更大了。他脚步沉重地跟在后面,好像每个关节都很痛;他的身后拖着长长的管子,磨损的管口滴着水,好像永远也滴不完。我感到毛骨悚然。

终于,我们走到那座可怕的房子前,院子里的樱桃树又高又大。我们领着潜水员穿过院门——这扇门我们早就知道怎么撬开了。已经开裂的台阶不堪重负,在他脚下嘎吱作响。你"哗啦哗啦"地拍打纱门,然后我们飞快地逃跑,院门"啪"的一声关上了。我们好不容易才憋住笑声,跑到马路对面的电话亭后面躲起来,等着看好戏。

我们等了又等。

等了又等。

"真是的。"你终于说道,你想起坏消息太太从来不开门,虽然她就在家里。我们经常开玩笑说,那扇门其实是墙上的一幅画。我们之前也试着敲过一次,她只是大喊:"是谁?"然后就说:"走开!"我们的潜水员朋友现在面对的就是这种情况。可是他没有动,也许是因为听不懂,所以好戏还是有希望上演的。

突然，潜水员伸手摘掉了沉重的头盔。头盔从他手中滑落到木板上，发出"砰"的一声巨响，吓了我们一大跳。就算只看背影，也可以看出这是一个年轻人，头发梳得很整齐，乌黑油亮。更令人惊讶的是，门开了，坏消息太太消瘦的身影出现在门后，她正往外偷看。

潜水员又开始说那串日语，还拿出了木马。他挡住了我们的视线，所以我们看不清发生了什么，只能看见坏消息太太用双手捂住了嘴，好像快被吓晕了。我们真不敢相信自己会这么走运。

"等一下，"你眯起眼睛说，"我觉得……她在哭。"没错，她真的在哭——站在门口，不停地抽泣。

是我们太过分了吗？

我们真的开始觉得内疚了……可是，她突然伸出苍白的、瘦得像火柴棍一样的胳膊，抱住了这个站在门口台阶上、全身湿嗒嗒、身上粘满了藤壶的人。我们没看见接下来发生了什么，因为我们都惊讶地挑起了眉毛，忙着比试谁挑得更高。然后，纱门"啪"地关上了，只留下黑漆漆的长方形门洞，还有一顶泡在水里的潜水头盔。

我们又等了很久，但是什么事都没有发生。

"我猜她认识他。"拐过转角往家走的路上，我说道。

我们一直没搞清这个潜水员是谁，也不知道他遇到了什么事。不过从此以后，我们常常能在晚上听见从后院篱笆墙飘来的老式爵士乐，能闻到诱人的饭菜香，听见温柔、欢快的交谈声。从那以后，我们不再讨厌片山太太了，因为她会不怕麻烦地一路走到我们门前，轻轻点头，微微一笑，把我们丢的玩具还回来——完好无损地。

远 方 的 雨

你有没有想过，人们写的
那些诗都怎么样了呢

那些他们从不让别人看的诗

也许是它们太私密

也许 只是写得不够好

也许是割舍这种发自内心
的句子，会让人觉得

拙劣

浅薄

傻里傻气

做作

过于甜腻

缺乏创意

无病呻吟

平庸

乏味

矫情

晦涩

不知所云

或者

仅仅是觉得不好意思

就足以让一个有追求
的诗人把他的作品藏起来

直到永远

自然　　　许多诗作　　　

2

烧成灰　　　撕个成碎片

扔进马桶冲走

偶尔也会被叠成小方块
塞在不稳的家具下面当垫脚

（于是终于有了用处）

还有一些被藏在
松动了的砖块背后

或是　　　或排水管后面

塞进旧闹钟的后盖里

或是

夹进一本
深奥难懂,永远不会翻开的
书里

也许某一天会
被什么人发现　　　**但是,也可能不会**

事实上,这些没人看的诗
几乎

注定了　就这样汇入一条看不见的、巨大的下水道,流向郊外　　　几乎注定如此

极个别的时候

一些特别顽强的诗作

逃进了后院或小巷

随风飘过路边的河堤

最终落在购物
中心的停车场

像许多东西
一样

就在这里

一件非比寻常的事

发生了

两片，或好几片诗作飘向彼此

在一种连科学都无法界定的神奇力量的牵引下

慢慢地
它们贴在一起
形成一个
说不清形状的小球

在无人打扰的情况下
小球一点点变大、变圆
因为其他的

自白   秘密

自由体诗

秘密

愿望 和

没寄出的情书

纷飞的遐思

都贴了上去

一个挨一个

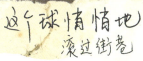
这个球悄悄地
滚过街巷

像棵风滚草
一月又一月   一年又一年

如果它只在晚上出没
或许可以逃过车轮和孩子们的摧残

放慢滚动的速度   就能避开蜗牛
（它的头号天敌）

长到一定大小，它会本能地
悄悄躲开坏天气

其他时候，则上街继续流浪

去找寻

被遗忘的思想碎片

只需要有时间 + 运气   诗球会变得

很大   巨大   超级大

变成无敌纸片团
最后，被许多没有说出的情绪
散发出的无形力量托起，飘上天空

当所有人都睡熟时

它轻轻从郊外
的屋顶飘过

引得孤单的狗
在午夜冲它狂吠

某天早上

每个人醒来的时候
都会发现捆扎的纸片
盖住了前院的草坪

堵住了排水沟

糊住了汽车的挡风玻璃

交通拥堵了

孩子们 高兴了

大人们 迷惑了

不明白 这些纸片是从哪儿来的

更为奇怪的是,
人们发现,
每张打湿的
纸片上

都有很多模糊的字 春扬 叙文 一首诗

几乎看不清 每一个读到的人
习又的确确 都会情不自禁
写在上面 有的 不同的感受

真诚 快乐 有的 悲伤

爆笑 荒唐

深刻 和完美。

没有人能够理解这种 在清洁工来了又走以后

还是久久停留的会心一笑

和飘飘然的奇妙感受

回流

邻居们一说起住在十七号的这家人，就会压低嗓子。这户人家里，经常会传出吼叫、摔门和砸东西的声音。可是某个闷热的夏夜，发生了一件事，一件远比吵吵打打更有意思的事：一只大型海洋动物出现在了这家前院的草坪上。

上午十点左右，邻居们全都看见了这只奄奄一息的神秘动物。他们自然而然地全都围拢过去，想看得清楚一点。

"这是只儒艮，"一个小男孩说，"儒艮是一种罕见的草食性哺乳动物，已经濒临灭绝。它生活在印度洋，属海牛目，儒艮科，儒艮属，儒艮种。"

这些都不足以解释它为什么会出现在这条街上——这里离最近的海岸至少有四公里。无论如何，邻居们现在更关心怎么照顾好这只搁浅的动物。他们用水桶、水管和湿毛毯为它保湿，因为他们在电视上看过怎么救助搁浅的鲸鱼。

住在十七号的年轻夫妻终于现身了，他们睡眼惺忪，迷迷瞪瞪，一看见眼前的情况，立刻火冒三丈，开始指责对方："你在开什么玩笑？"他们冲对方吼完还不算，连一些邻居也跟着遭殃。可是很快，现场就陷入了沉默，因为大家都很困惑，不知道该拿现在这种荒谬至极的情况怎么办。他们什么事都做不了，只能想办法帮忙救援。他们打开前院的洒水器，并打电话给相关部门请求紧急支援——如果真有这类机构存在的话。（关于这一点他们也争论了好久，还急不可耐地把电话抢来抢去。）

等待专家到来的时间里，邻居们轮流走到儒艮旁边轻轻拍它、安慰它，对着它缓慢眨动的眼睛讲话——它的眼中充满忧伤，令所有人心情沉重——人们将耳朵贴在它温暖、湿润的皮肤上，聆听一种低沉、遥远又无法形容的声音。

救援车辆的到来有点儿破坏了气氛，橘黄色的车灯闪动着，一群穿着明黄色工作服的救援人员命令所有人退后。他们的效率惊人，竟然还带来一个特殊的升降机和一个浴缸——大得足够让这只庞大的海洋哺乳动物舒舒服服地呆在里面。没用几分钟，他们就把儒艮搬进车里，开车走了，熟练得好像经常处理这种问题。

当天晚上，邻居们都不耐烦地切换着电视频道，想看看有没有新闻提到这只儒艮，可是一句话都没有。于是，他们得出结论：这件事也许并没有他们原本认为的那么不同寻常。

住在十七号的夫妻俩又开始冲着对方大喊大叫，这次是修剪前院草坪的问题。儒艮压过的草莫名其妙地枯死了，好像那只动物在这里趴了不是几个小时，而是好几年。然后，争吵又转移到了另一件完全不相干的事情上，什么东西——也许是盘子——砸在了墙上。

没人看见有个小男孩正紧紧抱着一本海洋动物百科全书，从房子的前门走出来，悄悄地爬进草地上那片儒艮留下的痕迹，躺在正中间，把双手放在两边。他看着天上的云彩和星星，希望他的父母不要太快发现他不在房间，并且因此生气地冲出来喊叫。奇怪的是，最后他的父母一齐出现时，既没有发出声响，也没有感到意外。更奇怪的是，他只觉得有一双温柔的手将他抱起，放回了床上。

爷爷的故事

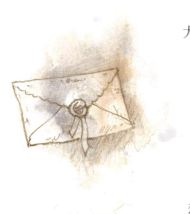

"你们知道从你们卧室窗户可以看见的那座大山吗？"爷爷用手指着外边说，"我跟你们的奶奶是在山那边结的婚，那会儿离你们这些小家伙出生还早得很呢。当然，那时候办婚礼可麻烦多了，绝不像今天这样简单又甜蜜。

"一开始，新郎和新娘在婚礼之前要被送走。在离开之前，他们只能一起照一张照片，想再照第二张就要等到两人回来，可能是很久之后了。所以，我们的婚礼相册上才会有那么多页空白，我们管那叫'黑暗的几页'。所幸，我们第一张照片照得还不错。看这张全家福，是全家人梳妆打扮好站在车道上拍的。看，这是你奶奶，像是从电影里走出来的，别提多美了。

"摄影师走了以后，我们各自拿到了一个密封的信封、一个指南针和一

双传统的婚靴——鞋头是钢的，可耐穿了。每位客人给我们出了一个特殊的谜语，就像填字游戏的提示一样。我们必须得留神听清楚，记住全部奇怪的线索，说不定什么时候就用上了。我们都迫不及待地开始，想弄清所有事情，所以一点儿时间都没耽搁，说走就走！"

爷爷讲到这里有点含糊，所以我们并没搞清楚他们到底去了哪儿。好像是一个要"经过工厂和垃圾填埋场""没有路牌、连马路都不通"的地方。我们要他在地图上指出来，可他只是顽皮地摇摇头，好像在说："总有一天你们会知道。"

他摆摆手，不让我们再问下去，继续讲故事："到达目的地后，我们才能打开信封。那里面装的是一张清单，列着我们在这天之内必须找到的东西，每样东西都对应之前的一条线索。这个环节叫'寻宝游戏'，一直是婚礼中最麻烦、最可怕的环节。唉，我们本来以为很快就可以回家梳洗打扮，去参加早就排练过的宣誓仪式——那时我们还年轻，充满自信，做什么事都很心急。当然，没多久我们就遇到了麻烦，一连串的麻烦……"

让人扫兴的是，爷爷讲到这个节骨眼儿上，居然停下来去沏茶了。我们跟着他走进厨房，追问详情。可他只是耸耸肩："那些可怕的事情很难说清。而且，我说得越多，你们越不明白。生活里有些事就是这样的。你们必须靠自己去发现……

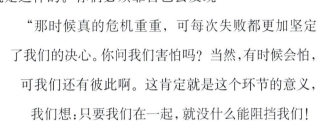

"那时候真的危机重重，可每次失败都更加坚定了我们的决心。你问我们害怕吗？当然，有时候会怕，可我们还有彼此啊。这肯定就是这个环节的意义，我们想：只要我们在一起，就没什么能阻挡我们！

（No vacancy：客满）（Closed：闭店）

"没骗你们，我们一样一样地找到单子上列的东西。过程很辛苦，有几个线索我们还记不起来了。不过，在意想不到的地方找到那么多小东西，我们还是觉得很开心。按照习俗，所有东西都用婚礼的丝带拴在了汽车的后保险杠上。

"那些东西拖在车后叮当直响，一开始听着非常令人满足，可是一个又一个小时过去之后，声音便吵得我们精神紧张。那时天色已晚，我们又遇到了大麻烦，真正的大麻烦。哎，单子上的最后两样东西好像根本就不可能找到，我们俩都开始怀疑，它们是不是真的存在。可找不到就不能回去。我们找呀找呀，绞尽脑汁，试遍了所有的办法，还是一无所获。

"我们心急如焚，绝望又懊恼，只好继续往前开，越开越快，却没想好应该去哪儿。最后，我们迷失在了一片有磁场的大沙漠里，指南针根本无法指明方向。我的爷爷曾经说过：'有个地方，世上每一对的恋人命中注定会去一趟。'我想，这儿也许就是那个地方，太可怕了！

"太阳渐渐落山了。我们肯定赶不及回去宣誓了。我们将要错过人生中重要的时刻了。我们的脸上没了笑容，手也不再牵在一起。这时——砰！——车子的后轮撞上了一块尖利的石头，爆胎了！受够了！你们的奶奶跳下车，愤怒地摔上车门，开始抱怨这一切都是我的错。我也跳下车，愤怒地摔上车门，开始抱怨这一切全是她的错。我们大喊大叫，不停地吵，吵得声嘶力竭，还说了不少这辈子一想起来就后悔的话……哦，你们都知道，我和你们的奶奶'闹别扭'时什么样。

"然后就是一段漫长的、可怕的沉默，我们以前从没这样过。我们甚至不想看对方一眼，好像沙漠里所有的石头都顺着我们的喉咙滚了下去，落到心里。我们真想干脆就这样沉入地底，永远不再出来。

"当然，天色渐渐暗下来、气温也降下来时，我们很快就意识到，如果我们还想回到文明世界，就得赶紧做些明智的事，而且两个人必须齐心协力才行。

"备胎——我们以前从来用不上的东西——已经有点儿生锈，卡在了车后面。所以，我们俩必须一起压着铁撬杆才能把它撬下来。我们用尽力气，使劲一压，备胎终于'砰'地一下掉了下来。我们都大大地松了一口气。差点没注意到泥泞的空后备厢底板上，那像星星一样闪闪发亮的东西。我们用最后一点饮用水冲掉泥巴，依然不敢相信自己的眼睛——这是我们见过的最最漂亮的两枚戒指！你们不信吗？看这儿！"爷爷伸出戴着戒指的手。

"从那一刻起，我们随意选了一个方向全速前进。我们坚信在粘满飞虫的挡风玻璃的遥远前方，一定有出路！果然，当我们到达最后一座大山的山顶时，远郊的灯光出现在我们眼前，一条条街道像老朋友一样，欢迎着我们回家。

"车子在路边停好后，我们还有足够的时间洗澡、换衣服、互相宣誓，完成我们排练过无数遍的结婚典礼。我们好像只不过离开了几个小时，一切如常。大家纷纷祝福我们。我和你们的奶奶一直看着对方，恍若刚从另一个星球归来。

"总之，在你们窗外那座大山的另一边，我们结婚的故事大概就是这样啦。离你们这些小家伙出生还早着呢。"

爷爷站起身，拖着慢吞吞的步子向洗手间走去，接着又去检查他种的果树。老实说，我们很怀疑这个故事的真实性，尤其爷爷又是这种想象力丰富的人。只有一个办法——去问奶奶。

"哦，你们知道我极少同意你们爷爷说的话，"奶奶说，"可是在这件事上我要破个例。"说着，她举起手，向我们展示他们走出沙漠前，在备胎下面找到的另一枚戒指。

（Just married：新婚）

别的国家
都没有

　　把房子前面的水泥地漆成绿色，一开始看上去还像是一种节省修剪草坪费用的新奇办法，现在看来却有些单调、压抑。热水好像是从几公里以外流过来似的，极不情愿地流进厨房水池；这还不算，有时候竟然还会带点儿淡褐色。很多窗户不能完全打开，苍蝇飞不出去；另一些窗户又关不严，苍蝇会不断地飞进来。后院的土壤是沙质的，果树苗刚刚种下去就死了，像一座座墓碑立在松松垮垮的晾衣绳旁边。光秃秃的院子看上去像一座绝望的陵园。显然，这里找不到合适的食物，也找不到恰当的语言表述哪怕极其简单的事情。孩子们除了抱怨还是抱怨。

"没有比这里更差劲的国家了。"他们的妈妈经常这样大声说，没人觉得有反驳她的必要。

贷款买下房子以后，就没有余钱来修理东西了。爸爸总是说："你们几个孩子要多帮妈妈做点事。"他所谓的做事，是出门去找最便宜的塑料圣诞树，拿回家暂时存放在阁楼上——最起码有点盼头。接下来一个月，孩子们就可以坐在客厅地板上，把纸和锡箔剪成各种有趣的形状，用线串起来，装饰圣诞树。这会帮助他们忘掉令人头昏的酷热，还有学校里所有的烦心事。

可是当他们想把树拿下来的时候，发现它黏在了顶梁上——因为阁楼上太热，塑料已经开始熔化了。"别的国家都不像这样！"妈妈嘀咕着。不过，没有熔化的部分还是可以好好装扮一下的，所以孩子们想拿黄油刀把它刮下来。这时，最小的孩子站到阁楼最脆弱的地方，一脚就踩穿了楼板。真是场灾难！大家挥着手大喊大叫，然后顺着梯子冲下楼，想从下面看看楼板的破损程度。补这个洞肯定又要花上一大笔钱！可是他们并没有找到洞。大家感到很迷惑，从一个房间跑到另一个房间。但每个房间的天花板都是好好的，没有破洞。

他们又爬上阁楼，检查那个被脚踩穿的地方——肯定在洗衣间，要不就是在厨房。就在这时，他们感受到了一阵微风，飘来草地、冰凉的石头和树汁的香气。他们仔细地观察起洞口……它通往另一个房间，一个他们都不知道、也不可能存在的房间，夹在其他的房间之间。而且，它看上去是在户外。

这就是他们一家人发现那里的经过。后来，他们管它叫"室内庭院"。其实，那里更像是一座古老的宫廷花园，高高的树比他们见过的任何树都要老，老墙上还画着壁画。他们越看这些褪色的古怪壁画，越觉得上面描绘的就是自己的生活。

室内庭院里的季节和现实中正相反：外面是夏天时，里面是冬天；而不久之后，他们就能在一年中最寒冷、最潮湿的日子里沐浴在夏日的阳光下。这让他们感觉仿佛回到了自己的故乡，可又像是到了别的地方，一个完全不一样的地方……宁静的夜里，当空中飘来奇异的花香时，他们总会这么想。

这里成了他们特殊的圣地。他们一周最少要来野餐两回，带上所有需要的东西穿过阁楼，顺着永远放置在那里的梯子走下来。他们没觉得有必要质疑它的合理性，只是心怀感激地接受了它的存在。

他们决定将这个室内庭院作为家庭机密，虽然没有人明确地说过——大家似乎自然而然地这样做了。而且他们也觉得，这种事根本就不可能告诉别人。

可是有一天，妈妈被一位希腊老妇人一句轻描淡写的话惊呆了。当时她们在后院一边晾衣服，一边隔着篱笆聊天，那位邻居说："我们家通常在室内庭院里烤肉，有一次，我们还把烤肉拿回来了，你知道吧，从那个屋顶。"说完，她哈哈大笑起来。

一开始，妈妈以为自己听错了，可当她向老妇人描述自己家室内庭院的样子以后，对方微笑着点了点头："是的，是的，这里每户人家都有一个这样的室内庭院，如果你能找到的话。这很奇怪，你知道的，因为别的地方都没有这种东西。别的国家都没有。"

树枝人

　　要是他们正好站在路中间，你会很容易轧到他们，像轧过一块纸板或是一只死猫那样常见。打开浇花器，他们就不敢在你家门口徘徊；喧闹的音乐和烤肉冒出来的烟也能吓走他们。他们的存在算不上是什么麻烦，只不过是郊区的另一道风景。他们迈着脆弱的双腿，走起路来慢得像云。他们很早以前就出现了，早到没人记得，早到树丛被砍净、所有房子盖起来之前。

　　大人很少会注意到他们。小孩有时会给他们穿上旧衣服、戴上旧帽子，当成洋娃娃或者稻草人玩，但总是因此被父母训斥，理由也很含糊。"就是不行！"父母们严厉地说道。

　　有些大点儿的男孩以打他们取乐。棒球棍、高尔夫球杆，随手拿起的东西，甚至包括从被打的倒霉蛋身上掉下来的断胳膊断腿，都可以成为武器。仔细瞄准的话，可以凭完美一击让树枝人的头颅——一块没有五官的土疙瘩——飞上天。而他们的身体仍可以保持站立姿势，直到被卷进车轮和柏油路之间，碾得粉碎。

　　这样的游戏可以玩上好几个小时，主要看男孩们能找到多少树枝人。可是最终，游戏会失去乐趣，变得无聊，甚至让人恼火，因为树枝人只会站在那儿任人打。他们是谁？为什么在这里？想要什么？打！打！再打！

　　他们唯一的回应，是无风的傍晚枯死的树枝从老树上落下来的声音，前院阜坪上冒出的几个乱七八糟的洞，以及深夜时分土块被挖走后留下的黑黝黝的坑。然后，他们又出现了，站在篱笆和车道旁，站在小巷和公园里，静默如哨兵。

　　他们是因为某种理由才来到这里的吗？答案无从得知。可如果你停下来盯着他们多瞧上一会儿，会觉得他们也许也在寻找答案，寻找某种意义。他们好像对我们也有同样的疑问：你们是谁？为什么在这里？想要什么？

无名节日

无名节日每年都有一次，一般是在八月底，有时是在十月。小孩和大人总是怀着复杂的心情期待着——这并不是特别喜庆的日子，可仍然有各种各样的庆祝活动，至于起源，早就没人记得了。

人们只知道这一天的家庭仪式：每个人都把自己最宝贝的东西拿出来，摆在卧室的地板上，然后挑一件特别的宝贝——一定得是最特别的，再小心地带着它，顺着梯子爬上屋顶，把它放在电视天线下面（天线已经用各种闪闪发光的小东西装饰过，比如巧克力的包装纸、旧光盘，或是把酸奶桶的盖子舔干净，用线串起来，再系上特别的活结穿成一串）。

接下来，全家人要依照传统举办午夜野餐，地点可以是后院，也可以是前院，或是任何一个可以看见自家房顶的地方。如果觉得有必要，去街对面也行，所以有的人家才会把垫子铺在路边，一家人围坐在一起。这里有着许多美好的回忆：刚出炉的乌鸦形姜饼、酸得喉咙如同被刀割一般的热石榴汁，还有塑料小口哨，吹出来的声音人和狗都听不到。更听不到的，是人们聊天时兴致高昂的说话声和笑声，还有礼貌的嘘声，每个人都努力遵守保持安静的传统。

只要你坚持不睡着，就能有幸听见那一声轻响，那所有人听到后都会倒抽一口气的声音——蹄子落在屋顶上时轻踏瓦片的响声。它总是会吓人一跳，人们一开始都不敢相信，觉得可能是幻觉或是被传得极真的谣言。可是千真万确，它来了，那头没有名字的驯鹿——身形巨大，视力极差，却以动物的超强耐心在电视天线下面嗅啊嗅。它总能准确地知道哪样东西是一个人的心肝宝贝，一旦失去必定心如刀割。它专找这些东西，轻轻一顶，挂到它那巨大的鹿角上，把其余东西留在原地，然后优雅地跃上天空，回到冰凉的黑夜里。

就在它跃起的那一瞬间，你会产生一种难以用语言形容的奇特感觉：似悲伤又似懊悔，突然想把送出的礼物要回来，紧紧地搂在怀里，因为你深知将永远都看不见它了。你全身放松，深深舒了一口气，释然了。渴望的余波在记忆的岸边留下了这一幕：一头巨大的驯鹿，低着头站在你家的屋顶。

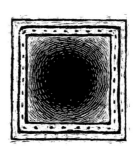

	6	4	1	3	7	9	2	5
2	9	1	6	5	8	7	3	4

今日警言：

当人们急切地需要幻觉时，大量智慧便可能被投入到无知之中。

——索尔·贝娄

一步行动。是一种
剥削。取得边缘席
。便于我们进入这
或表示深切的关注。

竞选活动持续不断
慌和焦虑。在有偏
地方存在，我们的
如既往是可以预见
对他来说既是一个
会，也是意见存在
歧，攻击最弱势的
成员。为了赢得这
次竞选，博得漠不
心的群众的支持。

Div cover (times)	Interest cover (Times)	Ret on Ord SHF %
n/c	17.10	45.17
8.96	7.32	11.00
1.43	1.28	20.44
2.25	1.30	19.76
1.11	3.57	21.41
0.90	1.24	19.21
1.73	1.24	22.61
n/c	27.31	43.15
1.94	5.63	24.03
.93	5.07	23.45
1.00	31.75	34.41
.32	12.66	23.74
.45	1.40	24.69
43	2.58	16.35
83	1.44	20.27
73	1.21	21.08
31	10.35	30.62
n/a	n/a	n/a
60	5.38	9.22
22	8.89	30.87
46	3.93	12.92
50	9.68	17.11
30	6.92	29.88
49	8.62	19.36
1	13.26	29.01
4	2.93	8.11
2	6.81	13.25
9	9.03	16.82
c	0.44	-49.35
c	7.15	19.39
1	357.40	94.97
	5.05	25.18
	21.36	29.13
	2.35	6:57
	2.13	36.40
	3.84	14.00
	5.75	19.25
	3.34	45.14
	6.85	20.79
	4.38	12.51
	2.63	7.22
	3.57	14.54
	4.90	21.80
	0.73	-4.99
	15.98	34.40
	7.51	13.64

失 忆 机

它在我吃早餐时不请自来，让我想起一段不断重复的梦境，梦里的情景如此清晰，简直就像一段真实的记忆。在梦里——

我站在大街的中间。远远地看见一个巨大的金属物体，应该是某种机器，被一辆很长的卡车拖着缓缓行进到马路上。这是竞选前一个闷热而漫长的周末。所有人都停下手里的事，车不洗了，报纸不读了，体育比赛不看了，正在翻修的浴室也停工了，全都跑出来围观这个不可思议的奇景，并从不远处一辆五颜六色的货车那儿领取免费冰激凌。车上正播放着动听的广告曲，我以前好像在哪里听过。

在我前面看热闹的一个人说："看了它你会真心赞叹人类工程之美。"

机器越来越近，遮住了天空，我也不得不同意他的话：它真是硕大无朋，令人叹为观止，远远超出了一个普通纳税人的理解范围。

紧接着，卡车倒回了购物中心后面那个没有树的公园里。一队建筑工人已经开着起重机，拿着电缆在等候了。他们将这个庞然大物挪到一片草地上，那里专门用油线圈出了一块地方。一阵敲敲打打、火花飞溅之后，一张带刺的铁丝网架了起来，上面挂着一块很大的牌子，写着"禁止入内"。然后一切安静下来，工人们全都没了影子。这时我才意识到天黑了，所有人都回家吃饭、看新闻去了。

机器的深处装着几盏灯，一感应到生命体就会发亮，还会响起"嗡嗡"的电流声，我的后槽牙能感觉到一阵细微的震动。这时又听到"嗖"的一声，好像几辆汽车在夜间的高速公路上飞驰而过。远远的某个地方，一只狗在狂吠。

我是看了报纸上关于竞选结果的新闻，才想起来以上这些事情。那些讨论的文章全都很无聊，几乎每个报纸的版面上都有一幅全彩广告，上面登着一种艳粉色的新口味冰激凌。

我每周会去一次超市，受好奇心驱使，我在回家的路上突发奇想，决定绕远去街心公园那边看看。当然，那里已经没什么好看的了，只有一块刚刚修剪完的草地，空荡荡的，被尖利的铁丝网围了起来，铁丝网上还挂着一块"禁止入内"的牌子。我想这块牌子应该一直都在这里，尽管我说不出什么理由。

现在，我又回到了厨房里，听到邻居家电视里传来了微弱的"嗡嗡"声（不过是另一个带有悦耳广告曲的时事节目）和夜晚大街上汽车来来往往低沉的声音。真是白噪音的海洋。

我试着回想自己的那场梦，梦里的那个东西、那台机器，可是直到现在细节仍然非常模糊，我感觉自己的记忆越来越像一个空空荡荡的房间。

我能想到的只有手上的甜筒冰激凌，它已经开始融化了。它会是什么味道的呢？草莓味，还是覆盆子味呢？

部长解释：被高估的真

昨天，公共否认部部长发表媒体声明，公示一项调查结果，证明谣言纯属子虚乌有。

"我想说，你们期望什么呢？自从我们采购新的焚烧炉以来，尚无不当行为的记录，一切决策都严格遵守法律。那么大家就应该

"好吧，我这么说好了，"部长在几分钟内第十五次这样回答，"今时今日，情况也许很清楚了：有人发表了某些言论，而这些言论，没有经过充分的考虑，实际上也不符合门外汉对现实的界定。政府认为想象力是最优秀品质

然陈述事实没有显

"不管怎样，
贴，数额甚至比我
还要大。下一步的

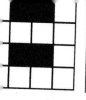

现在再次逃脱。政府已经向当地市民发出警告，不要靠近那只粉色的火烈鸟。当局认为该鸟"高度危险"，目前还没有任何证据表明它对人类无害。"早晚会有小孩被它害死。"一名因为害怕而不愿透露姓名的当地居民说。

过多无意义的信息，仍未取得进展。

"公司的法人代表会给大家一个明确交代，这应该没有问题。"他对记者说，"对由精确语音文字传感系统驱动下的高优先级信息传播系统优先权所带来的支出增加，我们已经密切关注。"

同未确定的一点是
我们知道要如何以
我们要做的是将其
不知道。"

在其他地方，
地的反对者已经由
受到威胁。法院采
行动和开发商授权
项目开了绿灯。他
要求尽快结算所有
包括给股东的所有

"没有证据表明
保护濒危物种。他
早会灭绝。不如努
就像汉堡包里的肉

在其他报道中，
部分地区的人们已经
他们的困惑也已经
其他方式。例如，
故弄玄虚的话，让
遗漏了事实。商业
和跨媒体公司造成
的无知是一种合法
具，该手段将被运
反恐战争。

"至关重要的一
我们不断见到发现
敌人，然后在我们的
力范围之外，为了
保持更加强大的控制
于我们智力的麻木，
且加强了毫无疑问的
诚。如果你不站到我
这边，就将指责为不
诚，这会的善与恶。"

近海令人苦恼的形
采取零问责，予以坚
行否认。海底的爆炸毁

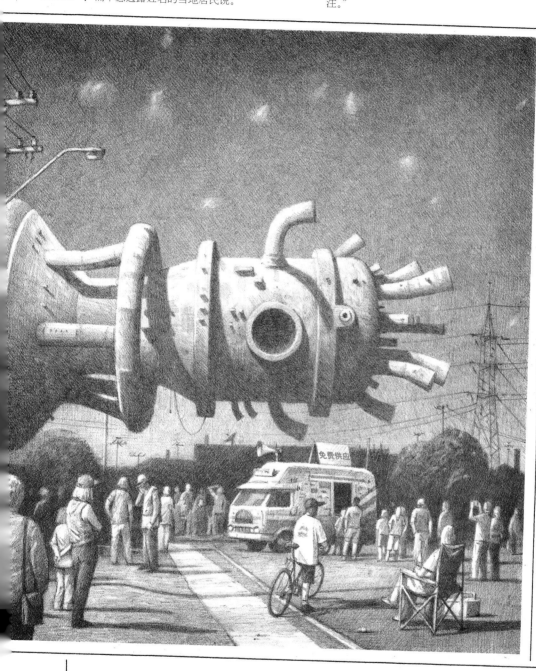

熔毁情况并非如此糟糕

鉴于我国面临史上最具破坏性的一次环境危机，联邦政府在第一时间发表声明，宣称失业率已创史上新低，这多半要归功于对"就业"这个词的重新定义。这条备受欢迎的新闻在最近的会议

上广受关注。与会者认为在上次达到历史最高点以后，利率再次达到同等水平。一位公关专家信誓旦旦，"如无意外，在圣诞节之后，我们将把决策的重点放在

在政府的承诺下黯然失色。财政部
承诺将推进减税政策。预计有数以
计的人因此受益。届时，每台冰箱
存放着免费啤酒，儿童贫困问题也将

值。
得一笔津
的索赔款
间后面的

警惕，但不要惊慌

想象一下，会不会觉得很有意思：如果家家户户都拥有自己的洲际弹道导弹，你就根本不会去在意它们了。

一开始，导弹是随机发放的。后来这事有了令人兴奋的进展：也许是你认识的某个人收到了政府的一封信，接着下个星期，就有卡车开过来，放下导弹。然后，每座街角的房子都必须拥有一枚，后来，邻近的房子也有了。现在，如果你家花园的小棚屋或者晾衣架旁边没有导弹，那才奇怪呢。

我们非常了解导弹是干什么用的，至少清楚它广义上的用途。我们知道我们需要保护自己的生活方式；我们知道保卫国家安全，人人有责（通过减轻国家武器储备的压力），还有最重要的一点是：我们都为自己能出一份力而感到自豪。

这不是什么大不了的义务。我们只需要在每月第一个星期天为导弹清洗表面、打蜡，并偶尔拿出导弹边上的量油尺确认一下油量就可以了。每隔几年，家门口会出现一个纸箱，里面放着一桶油漆，这就表明是时候给导弹除锈并重新刷上铁灰色的外漆了。

不过，许多人已经开始给导弹涂上不同的颜色，甚至还自己设计了装饰图案，比如蝴蝶或者按模板描出的花型。这些导弹占据了后院很大的空间，所以应该好看一点，何况政府的传单上并没有规定必须用他们提供的油漆。

现在，我们也习惯圣诞节时把彩灯挂在导弹上。你真该在晚上爬上山看看：几百个发光的锥形体一闪一闪，忽明忽暗。

除此以外，后院的导弹还有许多很不错的实用功能。如果你打开下面的金属板，把导线和填充物掏出来，就可以在里面育苗，或者收纳园艺工具、晾衣架和木柴。如果再多花点儿力气，还可以把它改造成非常不错的"太空火箭"小屋。如果你家养狗，就不用另买狗窝了。有一家人甚至把它改成了比萨炉，掏空的顶部当烟囱。

是啊，我们也知道，等政府终于派人来收回导弹的时候，它们很可能已经不能用了。可是过了这么多年，我们已经不再担心这件事了。说句心里话，大多数人都觉得现在这样也挺好。毕竟，如果在某个遥远的国家，家家户户的后院也放着导弹，我们也希望他们早日发现导弹更好的用途。

醒

　　去年冬天一个寒冷的晚上，一个男人的家里着了火。就在起火的前几天，他打死了自己的狗。

　　身为一个强壮的男人，他凭一己之力就可以把所有的家当从着火的屋子里抢救出来，搬到前院的草地上。可他刚搬完，就有一百条形态各异、大小不一的狗从四周的暗影里跑出来，冲向闪动的火光，迅速蹲在每样电器和家具上面，好像这些东西是属于它们的。它们不让男人靠近，一旦男人作势要打它们，它们就恶狠狠地反咬回去，其他时候则一动不动，眼睛冷冷地盯着火光。

　　火势大得吓人，房子在几分钟之内就坍塌了，怒火中烧的男人离开去寻找武器。好像商量好了一样，狗儿们全都跳到地上，在浓烟滚滚的黑暗里静静绕圈，轮流在救出来的每样东西上撒尿。它们吠了一声，叫声不大，时间也不长，可是那声音饱含忧伤，即使没听见的人，也会在睡梦中不安地辗转。

　　然后它们跑了，四散在街道和小巷里，低垂着头，听着爪子在水泥小路上磨擦的声响。曾几何时，这里是一片荒凉的黑土地。它们没有回头看草坪上残存的火苗，也没有看拿着没用的铁棍回来、站在灰烬中独自哭泣的男人。狗儿们心里只想着家：温暖的狗窝的味道，洗过的毯子的味道，还有床上熟睡的人们——那些给它们冠以爱称的人们。

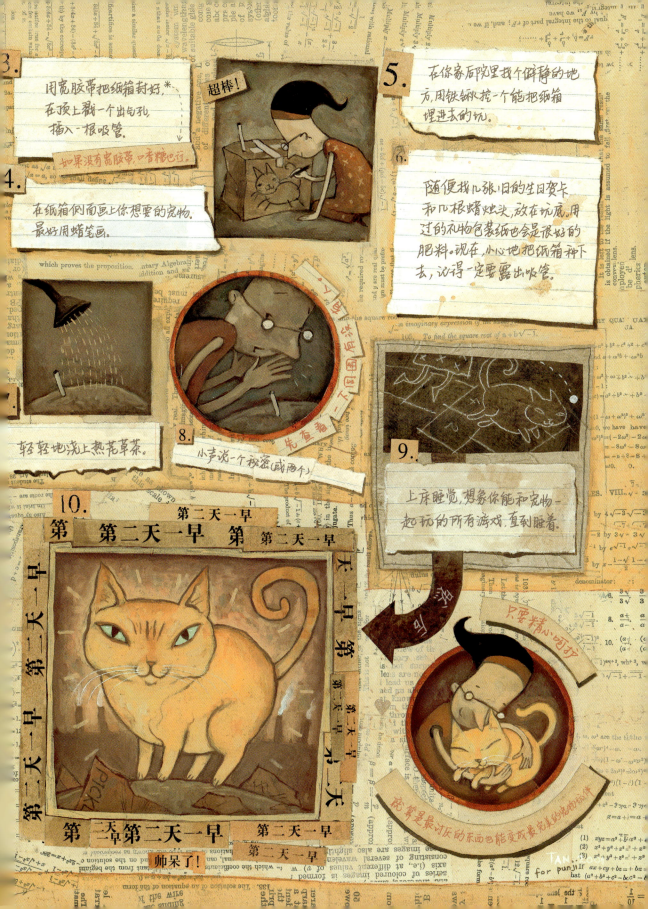

3. 用宽胶带把纸箱封好，* 在顶上戳一个出气孔，插入一根吸管。

*如果没有宽胶带，口香糖也行。

超棒！

4. 在纸箱侧面画上你想要的宠物。最好用蜡笔画。

轻轻地浇上热花草茶。

8. 小声说一个秘密（或两个）。

5. 在你家后院里找个僻静的地方，用铁锹挖一个能把纸箱埋进去的坑。

6. 随便找几张旧的生日贺卡和几根蜡烛头，放在坑底，用过的礼物包装纸也会是很好的肥料。现在，小心地把纸箱种下去，记得一定要露出吸管。

9. 上床睡觉，想象你能和宠物一起玩的所有游戏，直到睡着。

10. 第二天一早

第二天一早 第二天一早 第二天一早 第二天一早 第二天一早 第二天一早 第二天一早 第二天一早

帅呆了！

只要精心呵护

垃圾是最讨厌的东西也能变成最完美的陪伴的玩伴

TAN

我们的探险

　　我和哥哥动不动就能吵上好几个小时，比如电视广告歌到底怎么唱，在外太空能不能开枪，腰果是哪里产的，或者我们是否真的见过邻居家游泳池里的一条海水鳄。有一次，我们两个为了爸爸车里的街道地图册为什么到 268 页就没了，大吵了一通。我的看法是：很明显后面那些页弄丢了。第 268 页上的大街小巷、弯道和死胡同一直延伸到了页面边缘——我是说，路不应该到那里就没了，不合逻辑。

　　可是我哥哥很气人。他用许多哥哥姐姐都爱用的权威口吻，坚持说地图上一定是对的，不然边上肯定会用小字印上"下接第 269 页"。如果地图上是这么画的，那现实中就是这样的。我哥哥在很多事情上都是这种态度，真让人恼火。

接下来我们就开始争吵："就是！"
"就不是！""就是！""不是！""是！"
"不是！"——像打乒乓球一样来来回回。
我们吃饭的时候吵，打电脑游戏的时候
吵，刷牙的时候吵，入睡前躺在床上还吵。
声音穿过薄薄的隔墙，爸爸被吵得实在
受不了，凶巴巴地走过来叫我们闭嘴。

最后我们意识到，解决这个问题只
有一个办法——走一趟，亲眼去看看。
我们握手约定，输的人要赔二十块钱。
这可是一大笔赌注，就算押在稳赢的事
情上，数目也很让人心惊。之后，我们
计划去神秘的郊外进行一次正式的科学
探险。

我和哥哥搭乘441路公共汽车到了
终点站，然后开始步行。我们的背包里
装满了这趟旅途的必需品：巧克力、橘子
汁、几小盒葡萄干，当然，还有那本引
发争议的街道地图册。

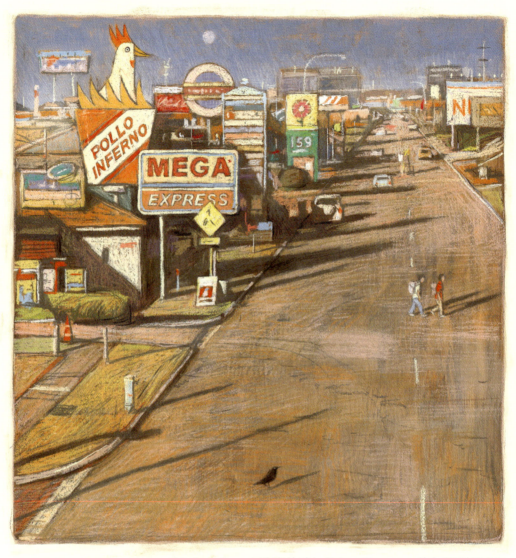

〔Pollo Inferno：波洛炸鸡〕〔Mega Express：梅加便利超市〕

真正的实地考察是令人激动的，就像去沙漠或者人迹罕至的丛林里冒险，好在我们看得懂路标。很久很久以前，在没有商店、高速公路和快餐店，世界还充满未知的时候，这里该有多好啊。我们用棍子开路，穿过杂草丛生的小巷，在指南针的指引下沿着望不到尽头的小路一直前进，为了看得更远，我们爬上多层停车场，然后在笔记本上精心地做出标记。可是，尽管天一亮就出发了，走到下午我们还是离有争议的地方很远。按原计划，这时候我们应该已经回到家，坐在懒人沙发上看动画片了。

对于探险的那份新鲜感逐渐褪去，不是因为我们脚痛，也不是因为我们一路不停地埋怨对方没带防晒霜。这种感觉我们自己也说不清。我们走得越远，越觉得每样东西看起来都差不多，好像眼前新出现的每条街道、每座公园还有每个商场都和家附近的一个样，都是从同一个巨大的模子里刻出来的，只是名字不同。

我们走到最后一个山坡的时候，天空已经被晚霞染成了粉色，树的颜色也暗了下去。我们俩只想找个地方坐下来歇歇脚，什么都不想做了。一路上我一直在心里默默准备的获胜宣言，现在成了一篇废话。我一点得意的心情都没有了。

我猜哥哥的心情应该和我差不多。他一向都没有等人的耐心，现在也远远地走在了前面。等我追上他的时候，他正坐在一条路正中间，背对着我，双腿垂在路的尽头。

"我好像欠你二十块钱。"我说。

"没错。"

关于我哥哥，还有一件让人恼火的事我忘了说：他几乎每回都是对的。

拯救乌龟之夜

　　拯救乌龟的那个晚上，我以为我们会死。我揪着自己的头发，把同一个问题问了一遍又一遍：为什么我总是听信你的疯狂计划？为什么我们不能像别人一样坐在家里看电视？我们做的这些事情有意义吗？我回头，看见追捕我们的人无情地靠近，他们那么高大、那么强壮，我们这些怀揣可怜理想的小傻瓜怎么能比？"全完了！"我用尽全力扯着嗓子喊，"趁现在投降吧！这样我们还有活命的机会！"这时，一道探照灯的强光扫过来，我第一次看清楚我们运送的东西：细弱的四肢努力撑住身体，四处张望，面无表情，小嘴开开合合，发不出任何声音。九只小乌龟——我们要拼命救出来的就是它们，就是这九只。它们转过头看着我，眨呀眨的眼睛，又像黑纽扣又像句号。当我们再次冲进一片黑暗，我心里只有一个念头，像火球一样从肺里喷出来："坚持！坚持！坚持！"

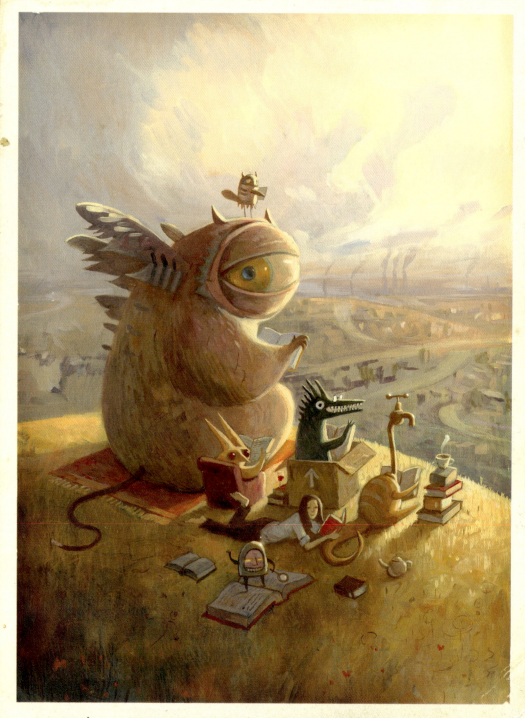

我们的周二午后读书会向您致以温暖的问候！

郊区公共图书馆

请在下方最后一个印章标示的日期之前或当天归还本书。
同时，作者希望向以下人士和机构致谢，感谢他们的热情帮助
和支持。

本项目获得澳大利亚政府艺术
基金和顾问机构——澳大利亚
艺术理事会的赞助支持

F ✱ TAN

陈志勇
别的国家都没有

Australian Government

Australia Council for the Arts